易曰同聲相應同氣相求明乎人之有生心同理同徵之聲氣之間無不同蓋言道也若夫雕蟲篆刻壯夫不為安在人我之必相同哉頤天地者積情之區也我輩者鍾情之人也情有抑而未伸是以發為歌吟高瞻遠矚興言彼美昌黎所云物不得其平則鳴者吾知宇內殆無不同也弟山

川遥遠人士紛紜苟一面之未謀實賞心之無自其歌也有思号也有懷則亦人私其情而各不相通也即予之百美有咏亦不過閒窗嘯吟偶適己意耳曷嘗求知於人哉而二三好友轉相傳觀於是騷人詞客各出其藏初無明珠暗投之嫌紛紛郵寄者不期而集取而誦之若在大羅天上

觀衆仙之舞霓裳不覺自慚形穢矣嗟嗟天下尤物足以移人者色而已矣況詩之爲教可興可觀可羣可怨托深情於毫素寓絶代於千秋一縷心精纏綿百結寧不足以移人者哉其爲同聲相應同氣相求也固宜固亟梓而傳之以公同好云

乾隆五十七年壬子孟秋月顏希源書

百美新詠集詠

袁　枚簡齋浙江錢塘人

潘貴妃

玉釵生自劈楞伽尼子歸來步步花爭不荊條
加苦手教人好好作官家

張麗華

景陽門外一聲鐘喚起宮娥夢正濃底事軍中
書告急亂堆床下不開封

結綺樓邊花怨春青溪柵上月傷神可憐褒妲
邊君子都是周南傳裏人

楊貴妃

五百袈裟回向寺一枝玉尺有前因緣何四海
風塵日錯怪楊家善女人

可惜雲容出地遲不將謿語訴人知唐書新舊
分明在那有金錢洗祿兒

西施

吳王亡國爲傾城越女如花受重名妾自承恩
人報怨捧心常覺不分明

笙歌剛送采蓮舟重捲珠簾倚畫樓生就蛾眉
顰更好美人只合一生愁

吳絳仙

家家竹葉引羊車一箇仙娥管蠹魚可惜竟無
書諫獵六宮枉與女相如

孫夫人

刀光如雪洞房秋信有人間作婿愁燭影搖紅
郎半醉合歡床上夢荊州

王昭君

陰山月落夜啼烏放下琵琶影更孤知道君王
終遺妾將軍不賜賜匈奴

上官昭容

論定詩人兩首詩簪花人作大宗師至今頭白
衡文者若箇聰明似女兒

大喬小喬

國亡家破名公女同嫁英雄美少年絕色易逢佳偶少聽他夫婿自家憐

卓文君

宵行事學君王后識曲心同漢武皇含淚自尋封禪草遺書翻亂女兒箱

羅青楂 橙塘浙江會稽人

吳絳仙

長得君王注目頻粧成秀色麗芳春日消不少青螺子眉嫵堪誇只一人

梅妃

只有梅花伴曉粧官家夜夜譜霓裳樓東漫擬長門賦 妃作樓東賦 大被空閒散五王

班婕妤

長信宮前草蔓滋承恩昔日輦曾辭不知身似涼秋扇猶近瑤階望履綦 婕妤賦思君兮履綦

花蕊夫人

葭萌古驛路迢迢破壁留題恨未消四十萬人誰省識猶傳名號有嬌嬈

武則天

樂府猶傳娬媚娘春宮秘戲忒猖狂聚麀家法還繩武又見花奴別壽王

趙合德

秘辛卷内擅芳聲漢雜事秘辛一卷記飛燕姊妹事醲粹昭儀

更擅名一時賢於良史筆披香博士淖方成

宣華夫人

金合同心訂好期嗣君新政最先施經年便作傷神賦夫人卒帝作傷神賦消受春風能幾時

虞姬

楚歌四面泣嬋娟玉碎香消倍黯然贏得千秋稱絕調拔山歌並太風傳

薛瑤英

夜深綺席對花開人自金絲帳裏來半點紅塵
飛不到漢家虛築避風臺

雪兒

芙蓉幕客綺辭多時付雙鬟協律歌比似旗亭
誇賞識勝他畫壁唱黃河

劉采春

美人能唱望夫歌羈客相逢喚奈何莫怪因循
歸未得鏡湖春色繫情多

張紅紅

長歌乞食究何心吳市吹簫匪自今值得他年
身爲死韋郎前度是知音

紫雲

第一名姝不自奇等閒花草亦隨時忽聞御史
狂言發鶴立鷄羣意可知

紅拂

令公勢燄等尸居具眼英雄入謁初倘使秦王

更相遇不知心折定何如

綠珠

梓澤邱墟不可知猶傳懊惱曲中詞錦成步障珠成斛消得樓頭一墜時

開元宮人

無窮幽怨寄征袍不意籠禽竟解縧笑別守宮諸舊侶留身待印桂紅膏開元時宮人被幸者用綢繆印印臂漬以桂紅膏文曰風月常新

蕚綠華

風裳霞珮九疑山羽駕飆輪去未還天上想無人可贈仍携跳脫到塵寰

雲英

一飲瓊漿思不勝元霜擣後共飛升綵鸞瀉韻蘭香降慣見仙家繫赤繩

洛神

鄴宮春色渺難尋枉費陳王作賦心見說凌波

微步好驚鴻消息已沉沉

江干　片石江蘇如皋人

草滿長門絕幸臨一篇文字感人深相如不遇

陳后

秋風客空負黃金買賦心

潘貴妃

一片穠芳襪底秋好君原不廢風流省中若肯存蕭懿稳看蓮花到白頭

西施

如此紅顏萬古稀君憐君寵未全非屬鏤一劒能亡國不在深宮鬬舞衣

王昭君

一生托命屬琵琶魂斷非關憶漢家分得匈奴青塚地埋芳免向内人斜

羊后

翬翟熒煌奉櫛巾羊車舊事忍重論五千納盡

吳宮妾子婦田頭屬別人

虞姬

項王淚盡一歌中帳下驚看劍血紅事去英雄
變兒女生輕兒女作英雄

孫壽

無端斂翠作愁眉兒女深心那易知只與將軍
同得死有人花底活多時

蔡文姬

寡婦絃哀屏不揮暮笳聲裏亦沾衣遐荒一去
生同死多事曹瞞爲贖歸

卓文君

嬌小聰明解聽琴情深還作白頭吟故夫地下
腸應斷忍向人前說一心

綠珠

殺人勸酒古曾無詎有殊恩及彼姝便較韓凴
妻不愧捐軀可惜爲齊奴

周澍晴嵐浙江仁和人

李夫人

長門深鎖怯春寒獨惜佳人再得難若使病中
迴一顧何由腸斷步姍姍

張麗華

臨春樓閣燦明霞玉樹當風壁月斜莫報長江
飄木柹麗人新譜後庭花

楊貴妃

西行無奈六軍何漫問霓裳舊日歌七夕星前
空有誓香魂埋恨馬嵬坡

吳絳仙

菱花奩啟曉粧時蠟照光中月在墀五斛分來
螺子綠若王親看畫蛾眉

張麗嬪

神針新製翠雲裘五色纖絲着指柔看罷天魔
三十六尚衣擎入寶光樓

娥皇女英

明璫翠羽下靈巫千載龍髯泣鼎湖菉蕣蕭蕭遺廟古滿天風雨暗蒼梧

窅娘

鴛鴦雙宿繡羅裙垂手飛香薄麝薰底用黄金誇鑿地一鈎新月踏紅雲

孫夫人

吳江楓冷舊朱顔遺廟蟂磯想像間風馬雲車任來去迎神西望唱刀鐶

王昭君

底事君王殺畫工玉關回首五雲中穹廬惹得閼氏笑頭白三千老漢宮

息夫人

國破家亡強自持看花淚眼竟誰知三年幽恨渾無語却勝秦廷泣請師

馮小憐

宮衣窄袖下三堆寶馬驕嘶獵未回已信河山
同一綫羽書深怪晉陽來

羊后

金墉城下水雲昏虜騎長嘶出國門司馬家兒
何足問賜來翟茀拜新恩

趙飛燕

玉殿承恩際曉回少嬪館内綺窻開分明姊妹
同心結聯袂齊歌赤鳳來

武則天

房陵莫漫費咨嗟二聖朝端只一家春晝未回
鸂鶒夢尚從鏡殿賞蓮花

雪兒

錦心香口兩流馨多少詞人側耳聽一紙後庭
親按拍不須畫壁賭旗亭

管夫人

胥霞放筆寫直幹紙上稜稜爽氣生冷笑深閨

添弱線一花一葉太多情

蔡文姬

毳幕韋韝十二年董郎相對理絲絃老瞞不惜
黃金贖賺得千秋說好賢

薛濤

春水魚牋錦不如橋邊花草稱幽居枇杷樹下
門無恙誰問當時薛校書

紫雲

尊前翠袖宛成行擬向雲英乞玉漿賺得破顏
迴一笑直同三爵進周郎

崔鶯鶯

夜凉露濕鳳鞋天五字微吟恨轉添蕭寺無人
聞燕語拂墻花影落銀蟾

紅拂

逆旅蕭條容閒門紫衣人至趁黃昏如花不假
眉梢語雄服青驄下太原

葉小鸞

虛傳月殿侍書仙何處乘鸞下碧天色相全空
甘綺語風流不隨野狐禪

賈愛卿

當筵一曲不知愁紅袖燈前送酒籌莫怪深閨
怨楊柳多情先已薄封侯

關盼盼

多事黃金惜樂天舞衣塵暗亦堪憐短長情緒

何須問已閉紅樓十二年

琵琶

紅豆離離滿客窻自憐遷謫對殘釭無端鷓鴣
尋常語腸斷當前是瘴江

綠珠

介士塡門累及身桃花零亂委紅塵石郎粉黛
紛如織白首同歸只一人

巫山神女

雄風托意半微詞神女飛來清夢知暮雨朝雲
渾似昔夕陽簫鼓咽空祠

黃　理　良男江蘇如皋人

楊貴妃

一聲鞞鼓破霓裳人老無心苦惜芳拚面休疑
真不忍日除三子是三郎

鉤弋夫人

河間佳氣望中騰玉手如鉤獨見徵一去甘泉
仙路杳空留衣履在雲陵

西施

五湖天遠碧粼粼回首梧宮幾度春莫怪扁舟
長不返早知烏喙慣圖人

潘夫人

驚看愁貌色爭飛神女新從織室歸一樣圖形
曾進御漢宮無地着明妃

娥皇女英

誰從鼓瑟弔湘靈愁絶蒼梧夢窅冥斑竹滿山
人不見九疑歷歷數峰青

凝香兒

讚佛花宮玉漏遲鸞翔鶴舞下瑶墀穆清秘閣
新秋夜窺見君王演揲兒

班婕妤

無人庭戸又黄昏紈扇團團揜淚痕莫爲秋風
易捐棄當時懷袖亦君恩

孫夫人

當年失計返江東蜀道艱難信不通飄泊貞魂
何處寄因風吹入永安宫

王昭君

故宫回首隔千山漫惜風沙損舊顔不是琵琶
彈出塞恐無青塚落人間

弋小娥

桃花人面認難真一樣夭夭浥露新只恐移根

沙漠外天涯飄泊不成春

邢夫人

六宮粉黛總如塵寵愛端宜在一身誰道靚粧能奪目故衣還媿尹夫人

羊后

匆匆廢立不辭頻低首仍然作漢嬪曾是一朝天子后翻教就義愧梁辛（梁緯妻辛氏色美曜將妻之辛曰妾夫巳死義不獨生）

武則天

北門參決比南牙玉藻居然易六珈二十一年周正朔可知天下是誰家

褒姒

龍漦事屬有無間裂帛終難解玉顏却把山河輕買笑連天烽火照驪山

管夫人

天涯芳草怨王孫風雨瀟瀟共閉門無限傷心

感寥落幽意潑墨寫湘魂

蔡文姬

水霜滿目暗平沙流落何堪天一涯十八拍成
心欲絕中原歸去已無家

桃葉

團扇新誇七寶成艷歌曾得感君情盈盈十里
秦淮水何處王郎管送迎

徐月英

平望亭中送客行鴛鴦相背水無情他時一枕
紅蘺灑夜雨渺窗滴到明

琵琶

瘴江淼淼自東流江上孤舟載客愁鷓鴣不知
人已沒水精簾外喚梳頭

吳　釁　石林江蘇如臯人

西施

空善傾吳計難邀反越恩荒江浮不得中

胥魂

湘妃

湘江清且深帝子不可覯五更啼鷓鴣花落
陵雨

梅妃

莫怨無梳洗寵移禍亦移不見馬嵬驛君王掩
袂時

班倢伃

幸能離禍水何敢怨秋風盛極如無寵當時輦
未同

息夫人

牽衣入楚宮含羞朝不起愁煞露桃花無言空
結子

虞姬

歛血横垓下娥眉不顧身離魂化幽草羞作漢
宮春

大喬小喬

佳偶一時絶相看莫撫膺免眥銅雀伎歌吹望西陵

李勢女

欲殺反生憐妬婦殊堪念不作李林甫口蜜腹有劔

木蘭

十載沙場卒生還那易期爺娘重喚女喜極反

成悲

卓文君

夫君懷兩意長歌有怨音如何新寡日不誦白頭吟

桃葉

春波渡美人兩岸生芳芷明月綺樓東空懸秦淮水

粉兒

席上賦新詞持贈情無那消魂在不曾何必求
真箇

開元宮人

緣擬他生結今生事竟成良宵感牛女天子本
多情

吳鵬孫 蒼厓 江蘇儀徵人

李夫人

姍姍莫悵影來空恩怨猜疑轉念中若見貳師

軍不返君王未必愛能終

張麗華

結綺空留庭樹荒故君猶在妾身亡當時幸得
逢高熲不使偷生事晉王

楊貴妃

漁陽風送鼓鼙聲無計同為蜀道行妃子誨淫
君誨盜那能金殿共長生

鉤弋夫人

堯母名門寵冠時禍機誰信已乘之雲陵他日
崇尊號何補當年慘別離

西施

館娃宮殿化為塵誰說當年舞袖新越子行成
吳沼速種蠡空累浣紗人

孫夫人

身歸吳地心歸漢一死空江為報劉不似阿兄
虧晚節早辭委地事仇讐

王昭君

生去和戎死不回一抔青塚雜蒿萊千秋人識
明妃號豈是深宮賂得來

上官昭容

御曲新翻命掌衡一時沈宋服公評量才千古
皆如此那更文章有不平

息嬀

國破君亡忍費辭新恩雖重故難遺花前相對

空垂淚不及寧王問餅師

武則天

荒淫宵小亂春宮士氣潛消羅織中天眷老成延國脉不關女主善牢籠

虞姬

玉帳聞歌霸業荒蛾眉相對色淒凉八千子弟歸何處一劍空留答項王

大喬小喬

兩美同胞遇亦同一時遭際各英雄堪憐自昔團圞日半在金戈鐵馬中

蔡文姬

萬死窮荒被虜餘重歸漢土又何如詩成悲憤笳成拍也見當年讀父書

卓文君

一片幽懷托素琴相從遥夜此情深白頭唫就君知否即是長門買賦心

綠珠

曲歌懊惱先成讖變起倉皇忽殞身千古紅顏
須自惜不宜輕伴守財人

朱洪寅 蟬仙江蘇如皋人

楊貴妃 各次原韻

香肌出浴薄羅輕欲訂他生似此生作得門楣
翻誤國雨淋鈴夜枉悽清

西施

應記儂家舊姓西（用坡公句）孤忠直與種蠡齊錦衣
義士空行賞脂粉功多在碧溪（吳宮香溪一名脂粉溪）

班婕妤

增城一別再逢難常恐秋風妬薄紈堦下履綦
休復望溫柔鄉裏不驚寒

王昭君

却憑紅袖作長城馬上琵琶出塞行圖畫若留
真面目誰從青塚識香名

虞姬

滿腔貞烈為情多視死如歸嘯也歌千載拔山
人已遠春風小草奈愁何

桃葉

綠波分得別情濃小字頻呼不厭重舊院東頭
珠市畔斜陽古渡認芳蹤

紅拂

托身非主負紈羅豪傑欣逢慰若何比似文君
相司馬驚人才識此為多

葉小鸞

如來慧足郄稱尊月府歸來結習存咳唾珠璣
成七字佛耶仙也一詩魂

綠珠

懊惱歌殘懊惱生樓頭一片落花輕多卿肯為
齊奴死不是齊奴死為卿

朝雲

舞衫歌扇逐番新肯似楊枝屬別人坡公朝雲詩不似楊枝別樂天萬里瘴江遷客伴乍悲秋處又傷春

曹星谷竹人江蘇通州人

西施

吳王千倍越王情女子知恩有重輕與使亡吳寧滅越妾懷終古未分明

班婕妤

月移長信影朦朧愁鬢擠如陌上蓬赤鳳歌中

春似海不教團扇惹秋風

夏姬

三少休驚秘獨傳此身不死亦關天傾人家國渾閒事禍害頻仍數十年

蘇蕙

客去流沙事遠征空閨何處問歸程迴紋八百四十字字字應和血淚成

關盼盼

舞罷香殘淚滿衣主人先逝妾安歸從今不許樓中燕更向秋風別處飛

織女

癡心兒女望銀河烏鵲橋邊水不波若說一年才一會神仙也恨別離多

何瑩 秋潭江蘇如皋人

梅妃

上陽高閣晝常扃人在沉香醉未醒不信鳳輦

拋隨後馬前繡襪也飄零

陰麗華

快比金吾願獲償有人無故出椒房宋宏言語君聞否曾說糟糠不下堂

夏姬

九十春光久不歸妖韶到處效于飛株林縱死君無悔衷向黃泉有衵衣

劉采春

鏡湖合得使君憐一曲相思淚泫然自古情人都易老怨紅啼綠負芳年

張紅紅

風塵知遇最難忘烏鵲何心逐鳳凰一任宮中呼記曲百年生死屬韋郎

柳氏

長條枉爲贈行攀惆悵情人去不還曲裏分明常得見秋風羌笛滿關山

任氏

西風桐葉奈愁何嬌女題詩蹙翠娥眼底世情都勘破有心人少負心多

朱洪炳秀岩江蘇如皋人

褒姒

夏后龍漦惜未收却教遺禍及周幽烽烟應較繒絲好畧解卿家翠黛愁

樊素

餞别潯陽酒一尊琵琶凄絶響無存香山老去
風情在那得聞歌不斷魂

寵姐

聞聲尚隔障重重空負青蓮意興濃莫怪寧王
多吝惜阿環已聽早朝鐘

隨清娛

興來行路未曾難勝水名山好共看銀燭風前
紅袖障不知秋雨客氈寒

卓文君

靈犀脉脉感桐絲犢鼻褌前一展眉不許紅閨
因藉口夜奔效作女中師

韓翠蘋

何限覊縻歎此身長門深鎖奈何春守宫費盡
丹砂飼御水題紅尚有人

盧媚兒

法華持誦想前蹤畢竟無心制毒龍任是芙蕖

香在口烟花未了債重重

汪懐信 可堂 江蘇如皋人

一朝懐舊也悽悽眼對新官不敢啼遺事他年誰合傳寧王曾反餅師妻

樂昌公主

婦能從死節爭傳奇節偏於未死全身後相從君信否斷腸猶及在君前

孟才人

綠珠

錦為步障蠟爲薪不信才多解殞身金谷繁華墟已久千秋猶憶墜樓人

靳光宸 韜叁 漢軍鑲黄旗人

衛莊姜

佳麗齊姜舊有名裳黄衣綠可憐生碩人詩句工描寫絶勝唐賢賦艷情

大喬小喬

君臣江左著英稱姊妹於今聲價增猶幸未遭
銅雀鎖朝朝歌吹望西陵

蔡文姬

紅顏流落恨難窮幾拍清笳動朔風贖得文姬
歸故國阿瞞此舉是英雄

琴操

悔將淨質玷風塵一捧當頭悟夙因多少鬚眉
談佛果屠刀放下是何人

朱淑真

密約黃昏試晚粧已拚身付野鴛鴦身名不愛
詩名愛集得新編號斷腸

秦若蘭

郵亭一夜費情多最怕當筵對客歌便受文人
輕薄誚蘇卿娶婦又如何

邵颿無恙浙江山陰人

鄧夫人

粉痕隱隱暈紅潮獺髓翻詩點未消一例人情
思望幸吳宮頻與楚宮腰

班倢伃

起居長信奉朝昏翠輦曾辭感至尊留得合歡
團扇在縱藏笥篋亦君恩

息夫人

何來萬舞近宮陳帳觸無言淚點新轉覺楚恩
酬不盡始傷身是未亡人

武后

夢中鸚鵡竟何祥武媚猶歌女王昌莫道當時
誅戮甚憐才曾問駱賓王

虞姬

四面歌聲夜愴神蛾眉一劍自捐身漢家上將
攻圍急也是君王帳下人

李勢女

鬒髮瑩瑩挽翠螺我憐況奈老奴何始知絕色

能消妬不信蛾眉受侮多

關盼盼

不殉尚書世莫疑任從瑶瑟網珠絲樓中深鎖
惟霜月祇有春來舊燕知

綠珠

介士何來索翠蟬主家恩重合捐身高樓一墮
名園閑却是將軍殉美人

曹湯鼐 念茲江蘇金山人

虞姬

丈夫不下兒女淚氣盡英雄亦惏悽項伯歸劉
亞父死相看惟有一虞兮

熊璉 澹卿江蘇如皋閨秀

吳絳仙

妝成染黛畫春山別有風情秀可餐誤却早朝
都不覺君王正在倚簾看

梅妃

佳人不買長門賦自向樓東寫斷腸酷愛梅花
應有意一生心事付寒香

班倢伃

玉階露冷月明中別院笙歌曲未終一種憂思
無處說自拈團扇感秋風

樂昌公主

破鏡隨身望再圓何曾拋擲別離邊菱花不是
無情物完就人間未了緣

管夫人

王孫不學文丞相枉向秋風賦黍離雪裏寒香
霜裏節夫人着意寫瓊枝

桃葉

木蘭雙槳夕陽明有客臨岐正送行萬點飛花
春一片渡頭終古別離情

美玉

秦樓人去月輪高望斷人間雙鳳逕露冷碧空

秋似水不知何處按瓊簫

黄　碓心石江蘇如皐閨秀

蘇蕙

房中雅樂久無聞東觀殘書冷舊芸可惜慧心無處着惟將錦字織迴文

蔡文姬

琴弦斷絕恐重揮多事曹公遠贖歸若使穹廬終一死年年青塚伴明妃

秋從水不知何處泛瓊譜

黄 石莊 心 石 汀 蘇 水 阜 關 秀

蘇蕙

宮中雅樂久無聞東觀殘書今讀若可惜甚心

無處著筆將錦字織迴文

蔡文姬

琴弦斷絕還重撫多事曹公遠贖歸若使穹廬

終一死年年青塚伴明妃

百美新詠

佳人難再得李夫人珍寵貯嬌宜陳后寶帳重重
護飛鸞輕鳳金蓮步步移潘貴妃靚粧凭綺閣張麗華薰
浴出湯池楊貴妃奉召初伸掌鉤弋夫人朝尊淡掃眉
虢國夫人浣溪留豔跡西施織室顯殊姿潘夫人綠供
螺痕黛吳絳仙顰增獺髓醫鄧夫人助妍梅點額壽陽
公主齊潤玉如肌甘后始掠秋蟬鬢莫瓊樹新裁雪
疊碁張麗嬪勝蘭吹氣馥麗娟灑竹淚紋滋娥皇女英
纏足昭蟾影窅娘迴身肖鶴儀凝香兒解珠空慰
念梅妃紈扇表幽思班倢伃麗句傳箋採袁大捨憨
容傍輦馳袁寶兒環刀歸漢帝孫夫人戎服作關氏
王昭君仕宦金吾匹陰后權衡學士師上官昭容雀屏
占妙選竇后鸞鏡誌臨岐樂昌公主淺淺流霞暈薛夜
來天天浥露枝戈小娥一聲河滿唱孟才人百絕禁
闈詩花蕊夫人作望神先沮邢夫人無言志強持息夫人
妖嬈三少貌夏姬愧悔十香詞懿德后倉猝遊畋

異馮小憐頻仍廢立奇單后鳳來良有以趙飛燕狐
媚亦奚爲武則天倩盼終應悼衛莊姜溫柔詎可怡
趙合德同心慚賜結宣華夫人面首笑充帷山陰公主漫舉
烽烟戲褒姒翻令垓下悲虞姬喬公歡兩壻大喬
小喬秦國侈諸姨秦國夫人我見猶憐汝李勢女卿呼更
屬誰王戎婦膩鬟常引蝶楚蓮香齲齒想支頤孫壽
小口櫻桃顆樊素纖腰楊柳絲小蠻舞衣曾怯
重薛瑤英歌慢鎮教垂寵姐史爲修蛾撰瑩娘才

因協律知雪兒璇璣圖蔚若蘇蕙囉嗊曲淒其劉采春
翰墨疇能敵衛夫人丹青倒好嬉管夫人辨絃
分二四蔡炎代戍失雄雌木蘭頓覺參禪悟琴操
寧愁記拍遺張紅紅龍門陪乘著隨清娛蜀郡校書
推薛濤越禮從司馬卓文君聞名動牧之紫雲黃
昏潛約後朱淑貞古渡許迎時桃葉待月藏蕭寺
崔鶯鶯吟紅向水湄韓氏踰垣謀甚捷紅綃執拂
去毋遲紅拂審戒虛云犯葉小鸞銷魂定不疑粉兒

章臺欣復合柳氏湓浦恨輕離潯陽妓欲問君王覔賈愛卿遑辭節度隨關盼盼鴛鴦飛忍背徐月英鸚鵡喚還癡琵琶驛裏綠希續秦若蘭樓中禍忽羅綠珠井桐題落葉任氏春草感天涯朝雲袍寄諧今偶開元宮人荷芬證宿尼盧媚兒羊家贈條脫萼綠華仙富飲瓊巵雲英洛渚凌波襪洛神巫峰行雨祠巫山神女雲和憑擫管董雙成彩翼羨聯騎弄玉幸竊長生藥嫦娥何妨七夕期織女

百美新詠

李夫人

傾城傾國可人憐固寵從知有秘傳枕畔歔欷
幄中坐更教天子賦哀蟬

陳后

齠齡早願得同衾誰致塵生舊屋金聞說長門
曾買賦難言妬極是情深

飛鸞輕鳳

鸞鳳齊鳴自越江蘭膏芬馥燦銀釭深宮不少
閒花草珍重芙蓉只一雙

潘貴妃

殿開芳樂寵何深百卉爭妍繞上林幸免當時
剕子累蓮花貼地費黃金

張麗華

臨粧媚臉映朝霞稱得佳人字麗華不道胭脂
易零落一時競唱後庭花

楊貴妃

霓裳一曲舞衣輕含笑秋波百媚生宮院三千皆國色春寒獨賜浴華清

鈎弋夫人

雙拳長握待君伸御輦遥臨寵眷新可惜蛾眉偏後死全恩終讓李夫人

虢國夫人

不作濃粧分外妍阿姨素面去朝天景陽樓上鐘初罷一騎嘶過鳳闕前

西施

芳蹤出自苧蘿西未許脩明色與齊水剩山殘吴越盡千年猶說浣紗溪

潘夫人

滿面啼痕淚不收堪憐織室竟同幽誰知感動君王處就在圖中一點愁

吴絳仙

媚人秀奪遠山姿螺黛爭誇善畫眉宮鏡曉粧
皆望寵空敎蛾綠費波斯

鄧夫人

玉頰紅添絕世姿宮人枉事點丹脂君恩本自
多憐惜媚態非關獺髓醫

壽陽公主

花落南枝片片香佳人春倦卧含章東君似有
憐嬌意五出添來額上粧

甘后

月下輕拖六幅帬珠簾掩映似湘君偏令惹起
宮娥妬玉質柔肌兩不分

莫瓊樹

綠滿鬟雲擁作堆晨粧顧影自徘徊[illegible]人最是
秋蟬鬢欲逞丰姿賽夜來

張麗嬪

雪疊絲裘手製新靈機應不讓針神九重抛却

塵寰事常作遊仙夢裏人

麗娟

柔肌若不勝衣裳舞怯東風上下狂偶向芝生
歌一曲紛紛庭樹落紅芳

湘妃

長恨蒼梧去不還二妃遺跡在湘山此君那解
相思苦傳染于今有淚斑

窅娘

輕纏素練透紅帮新月纖纖望不分別後羅衾
誰共煖風前垂涕向南雲

凝香兒

天香亭畔舞翻冠博得君王帶笑看莫舉漢家
飛燕比昂身還作九霄鸞

梅妃

月底梅花性所耽逢迎懶似欲眠癡上陽宮禁
春深後辭却珍珠誦二南

班姬

黄口風波世路難孰憐清潔比齊紈自從一别
增城舍棄置空驚秋節寒

袁大捨

狎客同時擘采箋新詩錯落满瓊筵君王不但
憐顔色特敕徵歌豔麗篇

袁寶兒

自喜君王憐太憨手花常傷六龍驂他時狼籍
兵臨日嘲笑還應得世南

孫夫人

深閨女侍盡環刀恍似軍中擁節旄白帝兵殘
甘自决幽魂應泝蜀江濤

王昭君

披圖竟忍委傾城戎服輕粧萬里行多恐漢宫
埋國色畫工誤却未知名

陰后

憐香笑比執金吾想見花容絶世無他日乾元
稱作配糟糠遺却郭家姝

上官婉兒

紛紛紙落滿天街識得詩惟沈宋佳若箇量才
俱有秤權衡不爽似金釵

竇后

精鑒方能識異形凡愚但解惜娉婷大夫射雉
成何事看取人穿孔雀屏

樂昌公主

離亂何由得自全臨岐握手意悽然他時縱得
新官力重會羞同破鏡圓

薛夜來

文車遥駕澤新承髙燭香塵徹夜騰猶有别覩
無限恨盈盈血淚玉壺凝

戈小娥

嫩白輕紅巧弄姿舞衫揺曳步遲遲桃花曾作

夫人號輸與婷婷浥露枝

孟才人

胸中節義久分明已指笙囊托死生欲向床前歌一曲翻成三字斷腸聲

花蕋夫人

錦江驛路恨綿綿淚血頻聞泣杜鵑無限深情人不識金爐膜拜祀張仙

邢夫人

曉粧臨鏡覺娉娉彼此爭妍列掖庭誰道故衣初見候愴然自痛不如邢

息嬀

國破君亡身獨存楚王花底列金樽承恩已覺三年後戀舊情深但不言

夏姬

胡適株林從夏南靈公月下幾停驂百花開老誰重豔不信雞皮少者三

懿德后

殘雲自鄙趙家粧却讀清詞愛十香誰識諛言稱二絶禍機從此已包藏

馮小憐

一曲琵琶夜未眠周師振旅已闐闐晉陽陷後歸何處空想鸞膠續斷絃

羊后

陰教難垂一代謨椒房廢立在斯須傷心巾幗從人奉猶說今知有丈夫

趙飛燕

堪笑殘雲誤漢家偏多異質使人誇輕肌能作掌中舞紺袖常凝石上花

武后

已作才人十二年公然暈翟嗣君前創開陰教當陽位妄比神堯號則天

衛莊姜

自古紅顏薄命同心傷詎浪咏終風碩人描盡
齊姜色欲擬殊尤愧未工

趙合德

纖纖媚骨自生香誰謂温柔不斷腸拚得情九
消受老合歡枕上便為鄉

宣華夫人

宣華寵錫受恩深長恨君王變異侵太子垂裳
登紫極如何金合賜同心

山陰公主

托體先皇太不同禮儀應俓出周公居然面首
蒙恩賜也作山陰三十宮

褒姒

凌漢烽烟徹夜明無端遠召列侯兵西京何限
金湯固買得嬌娃笑一聲

虞姬

颯颯悲風漢壘多驚聞四面楚人歌請憑一劍

尊前盡不忍君王奐奈何

大喬小喬

鼙鼓聲邊得二喬君臣琴瑟喜同調孫郎早死
周郎繼各有紅顏沒福消

秦國夫人

明皇新曲製凌波雅態夫人坐聽歌百萬青蚨
供一擲纏頭莫怪阿姨多

李勢女

故國傷心憶蜀都愴然垂淚滴珍珠誰知公主
相憐甚別有豪情勝老奴

王戎婦

翠幘春風一笑迎齊眉人見但呼卿深閨多少
同心事如此相稱倍有情

楚蓮香

高捲湘簾出豔粧不關花氣自聞香蝶蜂也似
纏頭客亂逐遊蹤上下狂

孫壽

無因還故作愁眉歛笑為啼粧更奇應有情人

花底活相思未得却成悲

樊素

朱唇微動似丹脂欲轉鶯喉故故遲解得使君

腸易斷新聲怕唱苦相思

小蠻

舞汗香凝透絳綃輕盈欲鬬楚宮腰當年最可

香山意搖曳春風似柳條

薛瑤英

衣着龍綃穩稱身鳳鸞吟作滿堂春可知憔悴

西秦道曾有當時握手人

寵姐

歷歷歌聲入翠微衣香人影太依稀等閒誰識

春風面不爲青蓮撤錦幃

瑩娘

玉淨花明理鬢餘輕描翠黛意舒徐有圖尚擬聯同志直欲方之太史書

雪兒

滿座賓朋麗藻多香濃寶鴨醉清歌憐他妙句傳新譜檀板輕敲六律和

蘇蕙

寒窗深鎖繡斕斑欲寫離思損玉顏看取璇璣圖上字分明宛轉似刀環

劉采春

年去年來景物殊渾如日月兩相驅傷心囉嗊樓中曲白髮星星再黑無

衛夫人

兔毫香閣寫烏絲不是尋常學畫眉千古爭傳鵞换字簪花誰説女宗師

管夫人

香閨作繪品題難印比司農却倒看他日中宫

還有命寫成玉盞幾枝寒

蔡炎

悲笳十八數艱難別鵠離鸞欲罷彈懷土懷兒俱歎息風霜日暮淚闌干

木蘭

戰袍初脫貼花黃對鏡重新理舊粧回憶黑山斷鐵騎枕邊有夢尚悽惶

琴操

半生長在綺羅叢未解情緣總是空參破枯禪甘守寂肯教冷落感秋風

張紅紅

聞譜新聲隔錦幨記聲曾事玉纖纖豆紅原是相思子應為韋郎別後拈

隨清娛

一從選勝事間關車馬風塵共往還才子美人俱絕代不曾辜負好名山

薛濤

酬唱風流逐勝餘小花箋紙浣花居不因南北
棲歸鳥誰識成都女校書

卓文君

求凰雅操結知音已委芳心托素琴底事茂陵
彈別調忍教人賦白頭吟

紫雲

欲探名花問洛陽綺筵開處詫紅粧三生本是

多情種莫笑分司御史狂

朱淑貞

良宵人去掩蓬門照眼燈花總斷魂寂寞寒牕
眠不得柳梢掛月自黄昏

桃葉

渡口風烟野色濃臨歧執手恨重重踟躕漫作
丁寧句未別先期再會蹤

崔鶯鶯

西廂佇立意千重倚遍欄干冷露濃花影竹聲
俱恍惚空教人恨五更鐘

韓翠蘋

深宮寂寞鎖烟鬟一片無聊不耐閒愁思却同
流水急先隨紅葉到人間

紅綃

半轉秋波反掌三深情無限盡包含相思不怕
重門鎖身出如從虎穴探

紅拂

紅粧侍立捲輕羅具眼英雄智若何籠絡虬髯
偏有術相公才少妾才多

葉小鸞

瀛洲忽降拜師尊法戒全空綺語存自有文章
真不死漫勞花底弔芳魂

粉兒

恍在巫山十二層戀花空向曲闌凭不知白藕

香真襲此際消塊曾未曾

柳氏

年年攀折恨無聊管盡離情是柳條只恐芳姿非昔日滿天霜露葉蕭蕭

潯陽妓

離情脉脉口難緘月下琵琶江上帆遷客天涯還送客聞聲爭不濕青衫

賈愛卿

歡場纔得與勾留一種柔情惹客愁不道座中多見慣為他談笑薄封侯

關盼盼

一樓霜月鎖愁眉盼斷尚書墓上枝十二年來身不死深心應得九泉知

徐月英

欲留不可寸心違攜手相將送客歸平望橋頭人去遠離魂應逐片帆飛

琵琶

羅帳香銷偶欠伸猶聞鷫鷞喚頻頻傷心再渡
新州水無復當年顧影人

秦若蘭

一夜因緣未忍拋漫將恩愛比鸞膠秦蛾唱出
風流調難解詞人萬古嘲

綠珠

金谷歌餘釁忽生使君義重妾身輕季倫應悔
平生事得罪何曾但為卿

任氏

嫋嫋西風一葉飄有人揾淚濕紅綃只因識得
相思字怨女魂先未嫁銷

朝雲

長恨天涯柳色新每同芳草送行人那堪唱到
紅芳褪淚滴殘蘗又送春

開元宮人

戰袍新製翠蛾顰竟得團圞了夙因不似君王
感牛女他生事幻此生真

盧媚兒

舌底氤氳似吐蓮馨香端不籍龍涎未能了得
烟花債空坐蒲團二十年

萼綠華

餐霞飲露九疑山忽降羊家贈玉環何事仙居
猶抑鬱夜深騎鶴到人間

雲英

素手擎來别有香藍橋一夕飲瓊漿此身得傍
神仙窟擣藥何辭百

洛神

綽約芳姿洛水中飄颻似雪舞迴風何因感得
陳王賦漫說高唐入夢同

巫山神女

為雲為雨氣如何十二峯高變幻多總為無端

